Kant et la petite robe rouge

A Marc et
Sabine...

Ce petit menage en
foyer de Lumère
que j'ai grand plaisir
à partager avec tous...
a travers le cheminement
pas à pas, d'une femme
qui prendit les obstacles
pour atteindre cette
liberté intérieure.
à laquelle nous
aspirons, tous ...

La Cheminante, 2011
9-11 rue Errepira – 64500 Ciboure
www.metaphorediffusion.fr
Tél. / Fax. : 05 59 47 63 06
ISBN : 978-2-917598-28-3

Bien toute amitié,

Lamia Berrada-Berca

Kant et la petite robe rouge

Roman

sberco-@gmail.com
lamberrada@gmail.com

La Cheminante

1

Elle est passée devant d'abord sans la voir.

Sans vouloir voir en fait.

À cause du voile, sans doute, qui la rend différente.

Puis le lendemain elle est repassée devant et là, il s'est produit un changement étonnant. Elle a senti qu'elle en avait le désir.

Le désir c'est une chose oubliée en elle sur laquelle se sont accumulés des jours, des mois, des années de mutisme parfait. Un désir dérisoire, elle s'en rend bien compte, coupable d'exister puisqu'il n'est enraciné en rien de louable.

En même temps, comment distinguer ce qui est louable de ce qui ne l'est pas ?

À trente-trois ans elle a envie, oui, pour la première fois elle saurait, elle pourrait l'exprimer à peu près ainsi : elle a envie de cette robe rouge.

Ce n'est pas un désir.

Ce n'est pas juste pour la robe.

Mais le fait qu'elle soit rouge, cela en soi suffit.

Elle pense alors qu'elle est devenue folle, et court se mettre chez elle à l'abri.

2

Le soir même le mari rentre tard mais le repas est prêt. Et l'attend. Comme elle.

Leur petite fille est couchée.

Le soir même est un soir anormalement tranquille. Comme si après la tempête, même fugace, le ciel ne pouvait reprendre son impassible visage.

Impassible également le mari mange en silence en écoutant la télé qui braille. La petite fille dort à côté, et elle, elle ne fait pas de bruit. Rien ni personne ne fait de bruit, d'ailleurs.

Le silence est une évidence ici que la jeune femme ne songe même pas à effacer ou à modifier.

L'évidence est là.

Toute chose en ordre dans le soir qui s'achève et aucune parole pour dire ce qui s'est passé. Car il s'est malgré tout passé quelque chose : le visage calme de la jeune femme garde en elle l'empreinte du désir.

Un souvenir fugace que la nuit décuplera en rêve.

Mais pour l'instant, la jeune femme se couche à côté de son mari qui dort déjà.

3

Au réveil le désir est toujours là.

La nuit ne chasse que les mauvais rêves et les mauvais désirs, disait sa grand-mère.

Le désir d'une robe rouge est un affreux péché quand on sait depuis toute petite qu'on est née pour porter une robe noire, pour porter des vêtements longs qui cachent bien tout le corps, qui cachent le noir des cheveux, qui vont jusqu'à cacher ce qu'exprime le noir des yeux. C'est être protégée que d'être dans le noir, protégée du désir des hommes qui ont le droit, eux, de désirer.

Mais ce que font ou désirent faire les hommes est toujours normal.

C'est aux femmes de protéger les hommes d'elles-mêmes.

Le grand péché des femmes on le sait - qui le lui a dit et comment elle le sait n'a aucune importance - car elle est sûre de le savoir depuis toujours, depuis l'aube, depuis la nuit des temps, l'important est juste de savoir que le grand péché des femmes a toujours été de tenter l'homme. Voilà pourquoi il faut rappeler éternellement aux femmes comme elle leur impureté originelle.

En effaçant d'elle, en elle, en les effaçant comme femme, en effaçant positivement tout ce qui pourrait attiser chez elle le désir du mâle parce que le mal est, le mal ne peut être qu'odeur de femelle, disaient inlassablement les gens qui entouraient la petite fille du temps où la jeune femme vivait auprès de sa grand-mère.

4

La petite fille avant d'être jeune femme ne sait pas ce que c'est qu'un péché mais on le lui apprend, à défaut de lui enseigner à lire et à écrire.

On lui montre surtout que le visage du péché est multiple. Il y a beaucoup de formes et de visages différents à reconnaître au cours des ans pour en déjouer les pièges, à défaut d'apprendre l'écriture dont les multiples signes suffisent à agrandir le champ du savoir, ce qui est autrement plus séduisant, et comme toute chose séduisante, carrément diabolique.

Il est plus utile, il est juste nécessaire de savoir les péchés qu'enseigne la tradition et le danger vient de ce que certains croient qu'on pourrait apprendre soi-même à vouloir faire la distinction entre le bien et le mal répétaient doctement les gens qui entouraient la petite fille du temps où la jeune femme vivait auprès de sa grand-mère.

Bien plus utile que d'apprendre toutes ces choses qui encombrent le cerveau des femmes. Elles n'ont rien d'autre à savoir qu'obéir à leur mari, ajoutaient-ils encore.

Et petit à petit, la petite fille perd l'innocence de ne pas savoir ce qu'est même un tout petit péché.

La jeune femme qu'elle est devenue apprend à s'oublier, elle oublie tout, presque tout de ce que la petite fille à cette époque-là pouvait encore imaginer.

Quand le mari part au travail et que leur petite fille part à l'école la jeune femme, elle, fait le marché, fait à manger, et ne fait pas de bruit, surtout.

Elle veille tout le jour sans bruit sur sa solitude.

Puis en réfléchissant bien elle réalise qu'être seule c'est être comme d'habitude, en fait, car de tout temps elle a toujours été seule depuis qu'elle est mariée.

Seule, assise près de l'homme qui est son mari. Maintenue à l'écart de lui par une distance infime de respect qu'elle pourrait dans son cas assimiler à de l'indifférence, alors que d'autres femmes ressentent du dégoût ou de la crainte.

Seule debout à côté de sa petite fille qui fait sagement ses devoirs.

Seule depuis que sa petite fille qui sait maintenant lire et écrire entre par une porte légèrement entrebâillée dans un monde qu'elle ne connaît pas.

La solitude est la seule chose qui reste à la jeune femme et qui lui appartienne vraiment.

Qui soit, de loin, sa plus vieille habitude.

La seconde, c'est de regarder par la fenêtre et se mettre à rêver quand elle sait que personne n'est là pour l'en empêcher, et qu'elle s'autorise elle-même à le faire.

6

La jeune femme est maintenant assise face à la fenêtre et regarde quelque chose qui n'existe pas.

À l'horizon il n'y a rien.
Elle n'attend pas qu'il y ait quelque chose d'ailleurs.
Elle s'est habituée à ce qu'il n'y ait rien.
C'est pourtant cela qu'elle guette, aujourd'hui, qu'elle regarde attentivement et de si loin.
Car même derrière le rien elle se dit, soudain, qu'il peut exister un monde, peut-être.

Dans ses mains elle tient un chapelet dont les petites boules rappellent la danse des nuages.

Le chapelet tourne maintenant.

La jeune femme dit...

Le désir d'une robe rouge est un affreux péché quand on est une femme ;
car le premier des péchés est d'abord de réaliser qu'elle est - c'est la vérité somme toute - une femme ;
car le second des péchés est de croire naïvement qu'elle est une femme comme toutes les autres qui pourrait comme toutes les autres s'exprimer ;
car le troisième des péchés est de se dire après tout qu'elle peut en effet avoir un désir et l'exprimer ;
car le quatrième des péchés est d'avoir un désir à soi qui fait prendre conscience qu'on peut alors exister pour soi ;
car le cinquième des péchés est de vouloir exister à part entière et le sixième péché lui fait dire naïvement qu'elle a envie d'y croire, alors le septième péché arrive, le septième péché fait naître en elle l'idée qu'elle est un individu.
La jeune femme sait ce que ce mot étrange a de terrible.
Elle tourne le chapelet entre ses mains de plus en plus

vite, et ainsi s'égrènent les péchés de ce matin jusqu'au chiffre huit qui représente l'infini de ses péchés. Qui n'est rien d'autre que la somme de tous les autres.

Elle ne sait pas si ce qu'elle dit elle le dit vraiment ou si elle le récite seulement.

8

C'était il y a longtemps.

L'homme ce jour-là énumère son nom, son prénom, son âge et la lignée de ses parents.

L'acte de mariage ressemble - c'est étrange - à un inter-rogatoire très neutre.

La signature faite en bas d'une simple croix clôture aus-sitôt le procès-verbal.

La nuit de noces prend le soir même la forme d'un viol dont elle ne se plaint pas.

Le parloir dans l'antichambre du mariage est froid.

C'est la première fois qu'ils se rencontrent librement son mari et elle pour parler.

Elle ne se rappelle rien de précis dans la façon dont

la chose - le mariage, ce mariage qu'elle appelle « la chose » - a pu avoir lieu.

Bizarrement sa grand-mère avait le visage habité de tristesse, pourquoi ?

Elle se rappelle vaguement peut-être le geste de cette main ridée lissant doucement ses cheveux.

Le regard, le dernier regard dit tout le reste avec dignité.

Ma petite fille est morte, songe-t-elle, on l'a désormais mariée.

Aujourd'hui la jeune femme dit vendue parce qu'aujourd'hui elle sait que dire mariée ou vendue c'est presque pareil.

Être une femme coûte cher, apprend-elle ce jour-là en soupesant le montant de sa dot.

9

Depuis que le mari est parti ce matin la jeune femme n'a pas bougé.

Elle craint de froisser la robe dans les plis, les replis de sa tête.

Depuis toujours le rouge est une couleur qui la fascine.

Il y a dans ses souvenirs le sang du mouton versé au pays les jours de fête, auquel s'est ajouté un jour le sang versé sur le drap des noces. Et toujours le sang revient comme un refrain mêler obscurément plaisir et douleur, sceller le cri de la chair morte avec celui de la chair vivante.

Le rouge n'est pas une couleur, dans son histoire, c'est juste un cri. La jeune femme sait maintenant pourquoi si la robe vue en vitrine n'était pas de ce rouge-là, un rouge-cri - elle n'aurait peut-être jamais pris la peine de la regarder.

Et regarder la robe rouge dans cette vitrine l'entraîne désormais à regarder autrement l'horizon.

L'horizon désormais lui aussi lointainement lui crie.

10

Longtemps, des heures entières, il lui faut regarder ainsi l'horizon sans bouger.

Comme l'horizon est, immobile et patient.

Regarder un monde qui n'advient pas mais qui existe, ou qui n'existe pas mais qui pourrait advenir, c'est selon.

La jeune femme pense une chose puis l'autre puis cesse enfin d'agiter toute chose dans son esprit ;

parce que son désir est devenu aussi immobile et patient que la ligne d'horizon dans son esprit ;

parce que son désir s'étire et se tend comme la ligne droite de l'horizon dans son esprit ;

parce qu'une fois que le désir est parvenu à fixer ardemment le regard, il devient tout simplement la promesse d'un lendemain différent.

11

La jeune femme sort, il n'est pas encore quatre heures. La petite rentrera de l'école bientôt.

Elle compte, elle vérifie méthodiquement qu'elle possède une heure à elle, rien qu'à elle. Elle presse entre ses mains l'enveloppe noire autour de son corps, le noir de sa robe et le noir de sa ferme détermination. Elle avance à pas comptés dans la rue mais elle marche vite et fait en sorte de ne voir personne.

Est-ce qu'elle voit quoi que ce soit, d'ailleurs ?

Elle dit que oui, elle le peut. Elle voit le monde à travers un moucharabieh flottant. Des visages apparaissent entre les trous par moments. Elle dit que ce qui est visible est toujours plus important que ce qui ne l'est pas, et elle ne s'attache ainsi qu'à ce qui l'est pour elle.

Elle marche à pas pressés. Les mains accrochées à sa prison de voile.

Personne ne peut tout voir du monde, dit-elle. Même la télé ne dit pas tout du monde, même la radio, même les journaux ne disent pas tout du monde. Même les mères ne savent pas ce que leurs propres enfants font à l'école en cour de récréation quand ils rentrent en pleurant en disant qu'ils se sont écorchés les genoux alors qu'ils ont été en réalité rackettés et roués de coups... Il faut bien finir par admettre qu'on ne pourra jamais tout voir ni savoir du monde dans lequel on vit.

Mais aujourd'hui elle sait qu'elle veut être visible, elle. Cesser d'être la nuit au milieu du reste du monde.

D'être une étoile morte, d'être un visage de pierre qui ne peut rien dire de sa colère ou de sa tristesse.

Cesser de ne pas être, de n'être plus, et cela lui impose de voir enfin ceux qui la verront, voilà ce qui l'effraie et fait qu'elle marche sans s'en rendre compte de plus en plus vite.

Elle pense que la vérité vient de là, de ce sentiment d'être un corps nu exposé au regard des autres, d'être une âme nue exposée à la vérité des autres.

Et dans ce qui l'effraye la vérité est au premier plan.

Ainsi : froide et nue.

Tout le reste derrière son moucharabieh flottant s'évanouit derrière ce rempart de solitude qui sépare du monde tout le reste de sa vie.

12

Elle l'a vue.

Toujours là, toujours rouge, sa robe.

Elle l'a vue d'abord de biais, d'un peu loin, comme pour faire croire qu'elle attendait que le feu passe au rouge, histoire de l'admirer tranquillement.

Puis il a fallu s'approcher de la vitrine.

Dans cette rue il n'y a pas beaucoup de vitrines où les robes s'exposent ainsi.

Il y a surtout des librairies qui vendent le Livre saint et tout un tas d'autres choses : des chapelets, des tapis de prière et des djellabas pour le pèlerinage à la Mecque.

Elle connaît mieux, elle, les épiceries et les marchands de légumes qui vendent la menthe fraîche, la coriandre et le safran. Aussi bons qu'au pays parce qu'ils viennent justement de là-bas.

Elle ne connaît de la ville où son mari l'a conduite que ça : ce carré autour du métro Couronnes où elle s'aventure pour faire les courses.

Mais la boutique est en contrebas, au-delà du carrefour. Il a fallu qu'elle dépasse sa peur et la frontière que son mari a, dans son imaginaire, dressée.

La carte intérieure de ses déplacements s'agrandit d'un nouveau point.

La boutique où cette robe désormais l'attend s'appelle : *Chez Héloïse.*

13

Le rouge est une couleur du Sud. Elle s'immisce au quotidien dans le plus banal des repas : ce sont les salades fraîches de tomates et de poivrons, les poivrons rouges grillés au qanoun, les dés de tomate versés dans la

harira, la sauce harissa ou le parfum de piment rouge...
Chaque pays honore le rouge dans sa cuisine.

Au dîner le mari mange tout cela en se délectant.

La jeune femme, elle, ne mange pas.

Le désir la brûle d'une intensité nouvelle.

Elle pense que les soldes seront bientôt là et qu'elle pourrait alors aller acheter cette robe, quand bien même elle ne la mettrait pas.

14

Le désir si brûlant le jour durant n'est plus là quand le mari se couche.

Elle a dénoué ses cheveux et les a parfumés comme elle le fait chaque soir.

Son mari lui dit que c'est la plus belle des femmes, qu'elle est à lui, entièrement, et qu'il en est fier. À lui seulement et pour toute la vie.

Il lui avait promis lorsqu'ils se sont mariés qu'il l'emmènerait loin, qu'il l'emmènerait ailleurs, qu'il lui ferait connaître le pays où il gagne l'argent qu'il n'y a pas dans le leur. Et que ce serait différent là-bas.

Ce qu'il a dit, il l'a fait.

Mais il lui avait dit aussi, il avait osé dire avec arrogance, presque, que là-bas elle serait très heureuse. Comme s'il pouvait savoir à quoi ressemble le bonheur quand on est une femme...

La jeune femme l'avait cru.

On lui a appris à croire ce que les hommes disent. Et celui-là n'était pas n'importe quel homme, c'était son mari. Il l'a emmenée dans ce pays qu'elle ne connaissait pas et elle n'en est pas devenue pour autant heureuse.

Elle perçoit que chacune de ses paroles doit cacher un mensonge aussi énorme que celui-ci.

Mais ce soir-là elle fait comme si rien n'avait changé.

Elle est à lui, vraiment.

Elle s'étale de tout son long dans le lit et elle attend calmement qu'il ait joui en elle.

C'est à ce moment-là qu'elle comprend - c'est difficile à dire - elle-même ne saurait l'expliquer, mais la révélation est aussi brutale que la jouissance est rapide. Elle comprend soudain dans une fulgurance qu'elle ne sera jamais heureuse ainsi et que c'est peut-être la première, la toute première de toutes les autres vérités.

Lorsque la jeune femme voilée de noir marche dans la rue elle se déplace sur le trottoir le moins encombré et cherche la trajectoire la plus simple vers son but.

Comme un soldat en terrain ennemi.

Ou un fantôme en promenade au milieu des vivants.

Cette incursion dans l'espace public a lieu le matin, en général, pour acheter ce qui servira au repas du soir de son mari et de leur petite fille.

Son but est de veiller à ce qu'elle soit propre et bien nourrie. À ce que la maison soit propre et bien tenue. La jeune femme est programmée pour entretenir leur hygiène du bonheur à tous. Quelque chose de fade et de lisse qui ne doit pas accrocher le regard, qui doit faire croire à tout le monde que le respect ancestral de l'ordre des choses garantit un bonheur simple et sans histoires. Sans un pli. Comme un voile de bonheur jeté proprement sur la vie.

Tout le reste : trier les papiers, les factures, aller à la banque, à la poste, s'occuper des comptes, être source d'autorité et de savoir pour leur petite fille, tout cela est réservé au mari qui s'en acquitte le samedi avec beaucoup d'application, et le dimanche aussi.

Les gens de son pays disent que c'est une chance pour elle d'avoir un homme comme lui qui travaille et ne va pas boire au café ou au PMU le salaire du mois.

La jeune femme répond que ceux-là se sont perdus en chemin depuis qu'ils vivent ici.

La tristesse du pays, le besoin d'oublier où ils sont ?

Ils font bien pire au pays, entend-elle raconter. Au café, combien boivent et se dépêchent ensuite de rentrer battre leur femme en se disant qu'ils sont des hommes...

La jeune femme pense en effet qu'elle a beaucoup de chance.

Son mari ne la bat pas.

Il se contente juste de faire comme si elle n'existait pas.

16

Le lendemain la petite fille a mal au ventre.
La jeune femme presse son front fiévreux.
Toutes les deux demeurent la journée entière à regarder l'horizon, l'une debout, et l'autre couchée.

Le silence les unit bien plus que mille mots.

17

La maîtresse veut tout de même savoir pourquoi la petite n'est pas venue.
Elle téléphone à cinq heures à la jeune femme car elle sait que la jeune femme ne saura pas lire le mot qu'elle voulait lui écrire dans le carnet de correspondance.

Quelques mots seulement, c'est tout ce que la jeune femme comprend.

— Ne vous inquiétez pas, dit la maîtresse. Demain, vous viendrez et on parlera, j'ai appelé une dame qui pourra traduire.

En effet la dame est de son pays. Du Nord. Avec un accent plus rauque.

La maîtresse la lui présente en disant simplement :

– Cette dame est de l'AFAVO*, elle est venue expliquer.

Pendant ce temps dans la pièce la jeune femme, tranquille, a découvert son visage.

Elle fait confiance à la maîtresse.

Elle sourit.

C'est la première fois qu'elle a rendez-vous avec quelqu'un qu'elle ne connaît pas, qu'elle sort juste pour parler, et qu'on lui donne en effet la parole.

Elle raconte en deux mots que sa petite fille est malade mais que la fièvre va tomber.

La maîtresse à son tour sourit.

– Vous savez, votre petite fille travaille très, très bien.

Elle insiste.

– C'est la première fois que je rencontre une petite fille aussi brillante.

– Merci, dit la jeune femme.

Elle ne dit rien d'autre ensuite. Elle aurait aimé, pourtant.

* Association des Femmes Africaines du Val d'Oise

Dire : Oui, je veux qu'elle aille loin dans la vie... Mais ça, la dame de l'AFAVO ne le traduirait certainement pas comme elle voudrait.

– La semaine prochaine, nous faisons une sortie de classe au cinéma. Je les emmène voir un film qui lui plaira beaucoup, il faut qu'elle soit là. Elle ne sera plus malade, n'est-ce pas ?

La maîtresse insiste :
– Il faut, répète-t-elle, en déposant la douceur de son regard dans le silence de la jeune femme.

19

– Comment, qui t'a autorisée à aller voir la maîtresse sans me le dire ? Pourquoi ?

La jeune femme sert son mari en silence et sait que cela ne sert à rien de parler.

Si elle répond, si elle ose dire qu'il est juste normal pour une mère d'aller voir ceux qui instruisent son enfant et de leur parler, son mari risque de se mettre à crier.

Si elle ne dit rien, il criera aussi mais il finira peut-être par se calmer.

En revanche elle ne dira pas qu'il a raison, elle sait qu'en disant cela il s'arrêterait pourtant tout de suite, elle le sait, mais elle ne le dira pas. Parce que cela n'est tout simplement pas vrai. Parce que la vérité commence à lui faire moins peur.

Ce soir-là son mari n'est pas venu avec elle se coucher.

Elle a pourtant dénoué ses cheveux et les a parfumés comme elle le fait chaque fois.

Ce soir-là elle l'a fait pour elle.

20

Le mari exige le lendemain un rendez-vous avec la maîtresse.

Sa fille n'ira pas au cinéma, elle n'ira pas avec les autres enfants.

– Pourquoi ? demande la maîtresse d'un air étonné.

Le père n'a pas de réponse à donner. Elle n'ira pas, voilà tout.

La maîtresse dit que l'activité est obligatoire pour tous les enfants de la classe.

– C'est une activité pédagogique, vous comprenez ? dit-elle sans se laisser décontenancer par l'homme qui l'affronte en silence.

Le père devient tout rouge, soudain. La colère lui monte au visage.

– Non, elle n'ira pas, voilà tout.

La maîtresse apprend ensuite que l'enfant n'a pas le droit de voir des films parce que dans les films il y a des images.

– Et alors ? demande la maîtresse.

– Alors c'est grave si vous ne comprenez pas ça, je ne veux pas que ma fille voie ces satanées images...

21

Les yeux de la petite fille qui dort rêvent.

Les yeux rêvent d'un pays absent où les images déposent chaque soir en offrande à ses désirs des images sans voix, sans mots, des images portées uniquement par le bruit du vent.

Elle appelle ce rêve-là « cinéma ».

Les yeux de la petite fille rêvent et ceux de la jeune femme, comme d'habitude, s'ouvrent au matin à côté de son mari absent sur un visage de terre brûlée.

22

Devant l'horizon, mains jointes, deux regards prient le lendemain d'arriver avec la promesse d'être vraiment un lendemain nouveau.
Pas un lendemain éculé qui se contente de répéter ce que le jour d'avant disait.
Pas un lendemain ouvert sur un avenir indécis dont on ne sait pas dessiller les paupières.
Pas un lendemain assis sur l'immobile pachyderme du présent.
Un lendemain où les yeux de la petite fille et de la jeune femme regarderaient enfin du côté du même monde.
Elles savent mieux que personne ce que veut dire exactement le mot « lendemain ».

Le lendemain seul est capable pour elles d'ouvrir l'horizon d'un monde entièrement nouveau.

23

Durant tout ce jour la vie cependant s'arrête.
Les enfants sont au cinéma avec la maîtresse mais c'est comme si autour tout était subitement devenu sourd et aveugle.

Le monde pue l'injustice. Un petit tas de fumier puant au-dessus d'une plaine de terre brûlée.
Dans leur immense rêve éveillé les yeux de la petite fille s'inventent le jour durant toutes les images du film.

Le monde sourd et aveugle les entoure, elle et la jeune femme, comme un paysage exacerbé qui ne laisse passer que des fragments, de tout-petits fragments de rêves de couleur entre les filtres de ces interdits.

– Viens, dit alors la jeune femme, je vais te montrer, allons-y !

La jeune femme tient fermement la main de la petite fille dans la sienne.

Elles descendent toutes deux la rue, puis arrivent au carrefour, dépassent au carrefour la bouche du métro Couronnes, puis remontent la rue qui suit jusqu'à ce que la petite fille, intriguée, finisse par demander :

– Où tu m'emmènes, maman, dis ?

Mais la jeune femme pose sa main sur sa bouche.

– Chut !

Et l'entraîne aussitôt dans la boutique qu'elle connaît sans que la petite fille n'ait seulement eu le temps de voir la robe rouge accrochée en vitrine.

Voilà, ici nous sommes de l'autre côté du monde, se dit la jeune femme.

La robe est étalée sur le comptoir de la boutique. Une femme au rouge à lèvre prune déplie le tissu en le faisant crisser lentement sous ses doigts aux ongles vernis.

La petite fille s'agrippe au voile noir de sa mère qui n'est pas en deuil.

– Alors, elle vous plaît ? demande la femme aux ongles vernis d'une voix aussi éclatante que le rouge de la robe.

La petite fille hoche de la tête sans même s'en rendre compte.

– Elle est pour vous ?

Mais la jeune femme est déjà sortie avec la petite fille qu'elle entend murmurer faiblement oui, d'une voix qui s'éteint aussitôt dans le brouhaha de la rue.

Ce jour-là est un jour de Grand Péché.

La petite fille essaye de s'endormir mais n'y arrive pas car elle a toutes les images du film qu'elle n'a pas vu qui tournent dans sa tête, et sa maman en robe rouge en est l'héroïne. Qui meurt à la fin. Comme toutes les héroïnes mais en plus douloureux, quand même... et c'est cela qui l'attriste.

La jeune femme presse son front d'une main douce. Fiévreux.

– De quelle fièvre me parles-tu ? demande le mari d'un ton rogue.

– Elle est encore malade, voilà tout, répond la jeune femme tristement.

– Je ne veux pas que tu ailles de nouveau voir la maîtresse, tu entends ?

La jeune femme le regarde sans tout à fait le voir puis franchit la frontière du silence et se réfugie en pays familier.

Pendant ce temps la petite fille s'endort.

La jeune femme fait tourner les grains du chapelet tout le reste de la nuit pour échapper au désir qui la poursuit. Pour faire descendre la fièvre de sa petite fille malade. Comme si, entre la maladie et son désir, s'était noué un pacte étrange qui pouvait l'une et l'autre les faire tomber dans le rouge de la folie.

Alors elle prie.

– Le mal. Trouver la racine du mal, dit l'herboriste près du métro Couronnes à la jeune femme.
C'est un initié, disent les gens du quartier, qui connaît beaucoup de remèdes et de secrets. Tout le monde parle de lui avec respect.

Elle qui ne sait pas lire mais qui a appris à tout enregistrer de ce qui est dit, elle qui ne sait pas écrire mais qui sait tout déchiffrer de ce qui n'est pas dit, elle se rappelle mot à mot ce que l'homme sage lui a dit ce matin-là :
Il n'y a qu'une chose à faire : laisser les yeux scruter le monde et devenir un regard libre qui rêvera le monde, qui rêvera quel monde transformer pour ceux qui voudront le voir après lui...

L'école reprend le lendemain pour la petite fille.
Ses yeux regardent intensément le tableau noir pour y lire toutes les images qui se détachent de lui à la craie.

Fièvre tombée avec les mots, juste les mots de l'homme sage que sa mère a vu.

29

Les journées reprennent aussi pour la jeune femme mais ne changent pas.
L'horizon ne bronche pas.
Seuls les soldes approchent, et ça, la jeune femme le sait.
Elle ne l'apprend pas comme en Afrique dans la rumeur du vent, elle ne se fie pas pour cela aux chants d'oiseaux, aux changements de nature et de saison. Elle ne sait pas ce que les palabres des femmes disent au lavoir, ni ce que les vieux du village exposent dans leurs pérorai-sons du soir sous le figuier. Elle n'arrive à rien sentir ni comprendre ici vu qu'elle ne parle pas la langue du jour-nal télévisé, qu'elle ne lit pas la langue des magazines comme *Elle* ou *Marie-Claire*, qu'elle ne connaît qu'une seule dame de l'autre monde qui lui paraisse gentille et prête à l'aider : la maîtresse d'école. La dame de l'AFAVO elle s'en méfie quand même parce que les femmes de là-bas qui vivent ici parlent beaucoup ici et là. Dans

toutes les communautés elles parlent, elles parlent beaucoup sur toi et surtout derrière toi, et même si rien de méchant n'est dit, ce qui se dit finit par arriver un jour à de méchantes oreilles qui aiment renverser le cours des paroles et te les déverser dessus. Elle ne peut donc faire confiance à personne, non, et elle manque d'informations sur beaucoup de choses qu'elle aurait vraiment aimé savoir. Des choses bien plus importantes que la date des soldes.

Dans le quartier du métro Couronnes, il manque le grand figuier de son enfance où elle allait dès qu'elle pouvait déposer son poids de solitude de petite fille orpheline. Reprendre espoir rien qu'en entourant de ses bras l'écorce rugueuse du tronc planté dans le sol, aussi profond que l'histoire de sa famille aux racines perdues.

30

Quand le voile noir est tombé sur sa tête la première fois elle n'a rien dit. C'est cette fois-là qu'il aurait fallu crier pourtant. Pleurer. Hurler. Mais ne rien dire... Comment est-ce possible d'accepter de n'être qu'une chose qui agite les bras, qui avance les pieds, qui garde tous les automatismes d'un être vivant, qui sait même rire d'elle avec ses comparses, et qui demeure cependant sans voix, hors de la vue et de la vie d'autrui ?

Dès le moment où le voile est tombé, il a enfermé le corps dans un secret trop lourd à ouvrir.
Aucune voix n'ouvre le secret d'un être qui se refuse à parler quand il sait qu'il n'existe aucune voie pour le laisser s'exprimer.

31

C'est ridicule de continuer à rêver ainsi du figuier, du pays, des oiseaux-nuages et de ce que petite fille, elle, trouvait le temps d'imaginer avant de réaliser que sa grand-mère la marierait comme le voulait l'usage, comme les gens autour le disaient, comme la coutume le veut depuis que les figuiers sont figuiers, ni plus ni moins.

Ridicule de tourner les graines d'un chapelet usé - celui que le grand-père lui a légué - parce que la mort n'excède pas la vie, la vie contient déjà la mort, la vie toute sa vie consiste à retenir les jours avant que n'arrive le dernier où sa mort deviendra le tout dernier et le plus salvateur événement de sa vie.

Ridicule d'être mère sans être librement femme, mère d'une petite fille programmée pour obéir d'abord à son père, femme d'un mari auquel elle doit à tout prix obéir, épouse d'un mari qui ne la reconnaît pas femme à part entière, femme d'un mari auprès duquel elle est encore et à jamais petite fille.

32

Quand le voile noir est tombé sur sa tête, voilà qu'elle n'a rien dit tant le mari trouvait la chose convenable. On n'exhibe pas sa quéquette en public, n'est-ce pas ? Personne ne verrait donc non plus le visage de la femme qu'il venait tout juste d'épouser.

33

Le tableau noir ne dit pas ce qui se passera, après.

La dernière ligne d'écriture se trouve en bas à droite.
Un gribouillis de signes.
Choses qui s'écrivent sur un visage noir de vérité.

Le tableau a quelque chose de magique, trouve la jeune femme qui ose ce jour-là entrer dans la salle de classe chercher sa petite fille.

34

– C'est bien que vous soyez venue.

La jeune femme acquiesce.
La maîtresse regarde tranquillement son visage offert, tandis que la jeune femme fait de même avec celui de la maîtresse, à la dérobée.

Ce qui se dit dans les regards qui se croisent et dans

l'intervalle de silence vient compléter tout ce que le tableau noir laissait entrevoir.

Quand l'écriture couvre de signes le visage noir du tableau, c'est à peu près comme lorsque le visage de la jeune femme s'éclaire d'un regard ouvert sur le monde en découvrant l'horizon derrière la nuit de son voile.

35

Au pays les choses se vendent toujours en se marchandant. Cela n'existe pas une chose qui a une valeur définie. Qui vaut tel prix, toujours et à jamais. Un sourire, une façon de dire les choses peut faire basculer le prix *selon selon*, c'est une chose acquise au pays que justement rien n'est jamais acquis pour le prix des choses et que tout dépendra toujours de choses non définies dont nous dépendons forcément et qui font le prix réel de la chose...

C'est pourquoi aller *Chez Héloïse* et demander le prix de cette robe rouge constitue pour la jeune femme une entreprise délicate. Outre le fait de l'essayer. Outre le fait de prendre la décision ensuite de l'acheter. Outre le fait qu'acheter une robe, en idée, c'est tout à fait autre chose que de l'acheter, et tout ça sans avoir à marchander donc sans rien faire basculer *selon selon* dans la tradition de qui vend et de qui se plaît à acheter.

Le plaisir d'avoir à acheter cette robe diabolique égale au moins en intensité le scrupule d'avoir, dans un geste froid et mécanique, payé comptant une robe dont elle sait bien qu'elle recouvre en réalité un désir ultime qui n'a en lui-même pas de prix.

36

– Alors, comme ça, vous êtes revenue ?

Dans la boutique la pénombre permet à la jeune femme de se glisser sans peine. Elle a enlevé sa prison de voile en pénétrant sur le seuil. Car c'est un seuil...

Les pays d'ombre sont des rivages connus pour la jeune femme qui a décidé ce matin-là de les traverser, seule.

Elle porte son regard vers la dame au rouge à lèvre prune qui a, ce matin-là, décidé d'en mettre un couleur chocolat, impeccablement assorti à ses ongles vernis.

La féminité a tant à voir avec la gourmandise, se dit la jeune femme comme fascinée.

Elle ne sait pas grand-chose de ces « affaires-là ».
Au pays les petites filles ne rêvent que de plaire aux nuages, elles ont des cousins et des frères mais les autres garçons ne portent pas de nom, les petites filles grandissent en les voyant sans les voir, très vite on sépare les deux mondes pour éviter les histoires qui n'ont pas lieu d'être, ce qui fait que les petites filles sont exactement comme la lune qui passe son temps à se cacher derrière un nuage.
Elles grandissent en apprenant à exister sans se montrer, et pourtant elles savent qu'un léger déhanchement suffit, un trait de khôl bien dessiné, une œillade bien calculée, une démarche un peu alanguie sont les fondamentaux de leur bréviaire de magie, elles peuvent alors jouer avec les nuages jusqu'à ce que vienne la nuit.
Qui a séduit ensuite se marie. Et qui se marie devenant mère cesse de désirer quoi que ce soit qui puisse déranger le cours sans nuage de sa propre vie.

37

La jeune femme hésite avant de demander à voir la robe.
La voir sur elle. L'essayer.
– Venez dit la vendeuse qui évite de trop parler.

La cabine est étroite avec une glace énorme en face, à
laquelle elle sait que son regard ne peut échapper.

Quand le tissu de la robe glisse sur elle, le miroir lui
renvoie ce regard d'une femme qui ne comprend pas
très bien où commence et où se termine l'image de
cette autre. Mais il y a sur sa peau une nouvelle peau,
incomparablement plus douce et plus chatoyante que
l'ancienne.

38

– La robe n'est pas chère...
– Ce n'est pas le prix, répond la jeune femme à une
question qu'on ne lui pose pas.
– Elle vous va bien, vous savez...

Est-ce qu'elle le sait, la jeune femme ?

– Non, elle secoue la tête d'un air fatigué qui pourrait tout aussi bien dire : je sais, ou je ne sais pas.

– Que voulez-vous faire ? dit alors la dame aux ongles vernis en jetant son chewing-gum négligemment dans le cendrier.

Que dois-je faire ? se répète la jeune femme ce soir-là en plongeant ses yeux noirs dans le regard pétrifié de son propre miroir.

39

Deux heures déjà qu'elle marche de long en large dans la cuisine qui fait à peine quelques mètres carrés, mais ses mains arrivent à repousser les murs tant sa colère déborde. C'est une robe, ce n'est qu'une robe, n'est-ce pas ? se répète-t-elle sans relâche comme pour s'en convaincre.

Pendant ce temps la petite fait l'étrange rêve d'une femme qu'on pourrait croire être sa mère, et qui se penche au-dessus d'elle, mais qui ne la reconnaît pas.

– Je ne comprends pas ce qui s'est passé.

Voilà ce que dit la maîtresse. Ce que traduit la dame de l'AFAVO. Ce que la jeune femme entend quand elle pénètre dans la classe vide.
Que devrait-elle lui expliquer, d'ailleurs ?

La jeune femme devine.
Il n'y avait rien derrière l'horizon avant.
Maintenant il y a quelque chose.
Elle ne connaît ni la forme ni la couleur de cette « autre chose ».
Elle sait juste qu'il fallait que cela arrive.

Elle dort ce soir-là auprès de sa petite fille dans un hôpital tout blanc où les médecins disent qu'elle ne veut plus parler.
Je ne l'ai jamais vue rire non plus, ajoute la jeune femme en joignant subitement les mains.

La nuit est là. Si vite.

Le monde entier bruit de millions de vies assourdies par les plaintes de leurs propres existences et dont les plaintes sont elles-mêmes assourdies par le poids du néant.

Le corps de l'homme est lourd sur la jeune femme, qui se débat.

La voix est basse. Sourde.

– Tu es ma femme, dit-il.

– Peut-être, dit la jeune femme, mais je ne m'en souviens pas.

Elle ne se souvient de rien non plus, ensuite.

Le jour arrive, décapant sauvagement le ciel. À froid.

La jeune femme saigne encore un peu.

C'est le réveil.

La chambre est vide.

Son mari est parti.

Elle est seule avec cette tache rouge sang qui illumine étrangement le blanc de l'oreiller.

– Vous la voulez toujours ?

– Non... venir voir robe, répond dans son français très approximatif la jeune femme.

– Vous l'avez déjà vue, vous l'avez même essayée, vous vous rappelez ?

La dame aux doigts vernis chocolat s'avance vers le seuil de la porte où la jeune femme se tient immobile et la regarde, circonspecte.

– Voir encore, s'il vous plaît...

La jeune femme prononce ces mots l'un derrière l'autre, lentement. Elle a enlevé son habit noir sur le seuil. De noir, il ne reste que ses yeux qui portent le deuil d'une chose, obscure, que personne, pas même elle ne peut exactement définir sur son visage un peu tuméfié.

La dame aux ongles vernis chocolat fait mine de ne pas voir. Par décence. Pudeur. Et s'empresse d'aller chercher la robe rouge qu'elle déplie en faisant claquer net le tissu. Un tissu si délicat...

La jeune femme voit rouge. Puis elle s'évanouit.

Et tout redevient noir.

Tout noir.

Mais les murs restent blancs.

La jeune femme se souvient aussi très bien du rouge vif de la robe qui l'a faite chavirer mais elle ne prononce aucun de ces deux mots : robe, rouge.

Elle répète juste qu'elle va bien.

Plusieurs fois.

Comme un refrain de poupée mécanique.

– Vous êtes sûre ? demande, inquiète, la dame du magasin.

Non. Mais elle a appris à dire que tout allait bien. Que rien n'était grave. Elle a vu ce qu'elle voulait voir.

Un jour, elle promet, elle repassera la chercher, la robe.

Voilà tout.

– Quand vous voudrez, répond la dame en l'aidant avec des gestes très doux à se relever.

La soupe est froide quand le mari rentre. Car il ne rentre pas à l'heure qu'il dit mais bien plus tard, depuis quelques jours.

De plus en plus tard.

Le visage de la jeune femme se tait avant même que le mari n'ait dit quoi que ce soit. Et c'est comme si le silence qui précède toute parole empêchait maintenant tout autre mot d'advenir.

Alors ils se taisent ensemble.

Dans son petit lit blanc d'hôpital la petite fille rêve de nouveau cette nuit-là de cinéma : un voile noir qui tombe sur un écran blanc, pense-t-elle.

Mais c'est un film muet.

Dont le titre a été malencontreusement coupé, et dont les visages dévorent en silence toutes les ombres.

Qu'est-ce qui se passerait, se dit la jeune femme si je l'achetais, cette robe ?
Toutes les autres femmes portent chez elle des soutiens-gorge en dentelles, des déshabillés de soie, des strings échancrés... Toutes les autres, c'est-à-dire même celles que le noir habille dans la rue le reste du temps.

Chez moi je peux le faire, je suis libre. Mais à quoi bon, se lamente-t-elle, puisque je ne peux invoquer ma liberté devant personne...

À quoi bon être libre en prison ?

L'horizon mange, démange les yeux lourds de la fillette et menace chaque visage de n'être qu'une ombre.
L'hôpital où elle dormira cette nuit est un refuge apaisant.
La mère.
Le père.

Ils sont tous deux debout, immobiles, face au lit.

Par la fenêtre ouverte de l'hôpital qui donne sur la rue s'échappent des cris, des rires, et quelques mots inaudibles.

La vie est dehors.

Pour être dans la vie il faut pouvoir effacer la frontière invisible mais infranchissable qui sépare monstrueuse-ment le dedans du dehors.

47

C'est en rentrant, seule, que la jeune femme aperçoit dans l'immeuble un inconnu.

Elle qu'on a habituée depuis longtemps à ne voir rien ni personne fait d'instinct la distinction entre les ombres familières et celles venues d'ailleurs.

L'homme s'arrête juste en face de sa porte, de l'autre côté du palier. Y dépose un livre sur le paillasson et se sauve. En courant.

Les yeux de la jeune femme ne comprennent pas.

De quoi peut-on bien avoir peur quand on a la chance

de pouvoir traverser la vie avec des yeux posés sur un visage grand ouvert au monde ?

48

– Montre-moi, maman.

La petite fille lève les bras vers la jeune femme qui entre dans sa chambre d'hôpital avec un bouquet de roses.

Elle le pose délicatement à côté du lit pour éclairer le visage pâle de la petite fille. Pour donner un sourire à la chambre nue où les silences dessinent les contours d'une frêle cathédrale.

Mais la phrase dite a troué le ciel. Comme un regard perce l'architecture du néant.

La jeune femme joint les mains.

À côté d'elle les roses ont le parfum du désir, la couleur du désir : elles sont rouges.

Ce sont des roses rouges.

Le visage tout entier de la fillette sourit en recueillant la prière qui s'envole des deux paumes jointes de sa maman.

Deux jours déjà que le livre gît sur le paillasson du voisin. C'est une question qui s'impose, qui emplit les yeux étonnés de la jeune femme.
Elle ne sait pas lire mais elle est fascinée par le fait qu'on puisse venir déposer un livre ainsi.
Dans la nuit elle se décide soudain.
Le mari dort.
Elle se glisse dans le couloir.
Se dépêche de le glisser sous le drapé informe de son habit, comme une voleuse, en cachette, en se disant que personne ne pourra affirmer l'avoir vue.

Quatre semaines sont passées. Les soldes doivent bientôt finir. Et la robe rouge est toujours en vitrine.

Quatre semaines que l'horizon immobile s'est mis à se déplacer, lentement, en elle.

La ligne invisible et droite de ses propres certitudes vacille, en fait, chaque fois que ses pas l'entraînent du dedans vers le dehors, même si jamais elle ne quitte l'ombre d'elle-même.

51

Il ne lui est pas destiné, ce livre, mais en elle tout dit le contraire.

Personne n'est venu ouvrir la porte pour le récupérer.

Ce livre appartient donc, d'office, à celui ou celle qui l'a désiré.

Voilà ce que se dit la jeune femme en le cachant dans le ventre d'une marmite, là où elle sait que le mari ne viendra jamais le trouver.

52

Cette nuit-là il décide qu'elle sera sienne.

Depuis qu'ils se sont affrontés plus rien n'est comme

avant même si tous leurs gestes demeurent les mêmes en apparence.

Il mange toujours aussi gloutonnement le soir devant la télé.

Il en finit, comme d'habitude, par oublier sa présence, jusqu'à ce que la vue du lit réveille soudain ses ardeurs de mâle.

Elle laisse ses propres gestes se résigner à répéter l'interminable parodie du mariage. Lissant ses cheveux huilés et parfumés pour les rendre beaux et lumineux, avant d'aller le rejoindre.

C'est du moins l'image que retient le miroir, qu'il capte à la surface.

Et qu'il lui renvoie.

Propre et lisse.

53

– Pourquoi être venue me voir ? demande doucement la maîtresse pour que la maman de sa petite élève comprenne.

– Je trouver livre, répond la jeune femme en fixant du regard le tableau sur lequel tout a déjà été soigneusement effacé.

La jeune femme dérobe le livre au voile noir qui la revêt et sous lequel il était enfoui.

Elle le présente à la maîtresse, qui lit, d'une voix atone : « Qu'est-ce que les Lumières ? » d'Emmanuel Kant.

– Pourquoi moi ? répète, ébahie, la maîtresse qui ne comprend pas ce que tout cela signifie.

La jeune femme se contente de froncer les sourcils en arborant la couverture :

– Kant ? Qui, Kant ?

– Si vous voulez, revenez demain, j'appellerai pour vous la dame de l'AFAVO, déclare la maîtresse au regard étonné, en lui rendant son précieux trésor.

54

Dur et guttural.

Kant.

Elle répète longuement cet étrange nom tout en rebroussant chemin.

Dans sa langue aussi on pourrait avoir le sentiment que les sons rabotent, érodent et maltraitent la matière si malléable du réel.

Rien n'est doux, rond ou enveloppant.

Il faut le goût sucré de la nourriture pour retrouver dans son pays la douceur.

Le parfum des odeurs, les espaces vierges de nature.

Même le soleil brûle sur sa terre, incandescent.

Jusqu'à aveugler les yeux qui ont besoin d'une tout autre lumière pour demeurer vivants.

55

Le lendemain l'hôpital appelle.

Ils sont de nouveau là, le mari et elle.

Le médecin discute avec lui derrière une vitre qui fait écran.

Elle n'entend rien et l'attente est longue. Elle regarde alors sa petite fille, assise sagement à ses côtés.

Elle a l'impression d'avoir toute sa vie attendu quelqu'un qui ne venait pas, bloquée dans une salle d'attente comme celle-ci.

Les mots se sont un à un brisés en silence sur la vitre qui faisait écran et ça, c'est insupportable pour la mère qui ne dit rien, et pour la petite fille qui ne parle pas puisque d'autres prennent la peine de parler à sa place.

56

Il est vingt heures.

Les bouches s'ouvrent et se ferment toutes les trois à espaces réguliers.

La soupe entre dans les gosiers, fumante.

Les regards observent une trêve, comme si tout le reste du temps chacun, en vérité, se sentait en guerre. Mais les masques ne tombent pas, non.

Le mari pousse sa chaise et se lève avec la raideur d'un militaire prêt à reprendre le combat.

La petite fille se glisse sous la table pour ramasser sa serviette comme un guérillero qui s'enfoncerait dans la brousse.

C'est juste le temps qu'il faut au mari pour leur tourner le dos et regagner sa base - le salon - tandis que le bruit

de la vaisselle dans l'évier vient atténuer pour la jeune
femme le verbiage incessant de la télé.
Le combat n'a jamais lieu face à face.
Homme et femme font parler le langage de leurs armes
respectives en vivant comme en camp retranché.

C'est une guerre sans bruits qui ne laisse pas de traces,
dans l'écrasement régulier de la marche du temps.
Dans l'ébranlement sourd et continu des jours.

57

Et voilà que des nuages parlent dans le ciel.
C'est la première image du matin.
La petite fille se glisse peu de temps après hors de la
maison, une fois son bol de lait avalé.

C'est ma première image du matin, se dit la jeune femme
en faisant place nette là où son mari a mangé.

Tout son corps se décourage ensuite.

Elle tombe assise sur le canapé du salon en se mettant bien face à l'œil vide de la télé.

Les deux regards, béants, s'affrontent.

Une heure ou deux se passent ainsi avant que le désir tout doucement ne revienne en elle.

Ce mouvement de vie qui la jette en avant des choses, qui rend la colère tellement plus intense que ne peut l'être sa peur intime de l'inconnu...

Face à l'horizon elle redevient soudain sereine.

Fait tourner son chapelet qui s'échappe soudain de ses mains.

Kant est un nom magique.

Ne pas comprendre et cependant y croire, voilà ce qui donne à toute chose un caractère magique.

Kant répété quatre-vingt-dix-neuf fois en égrenant le chapelet devient pour la jeune femme un obscur

précepte de foi dont elle devine cependant qu'il est lié
à la puissance de la raison.

60

Elle ne retournera pas voir la maîtresse qui lui a dit qu'elle
demanderait à la dame de l'AFAVO de venir traduire.
Elle n'y arrive pas.
Alors comment faire ?

Que faire du livre qui dort dans sa marmite, et sur lequel,
tout en cuisinant, elle rêve les yeux grand ouverts ?

61

Grand ouverts.
C'est l'expression qu'elle préfère de tous les mots qu'elle
entend autour d'elle, dans le brouhaha continu, le fracas,
la rumeur indistinctement continue des choses qu'elle
attrape au cours de ses traversées du monde extérieur.
Dans l'exercice que la petite fille doit faire le soir même

la consigne dit clairement qu'il faut placer des expressions à la place des pointillés.

Elle doit choisir entre « grand ouvert », « mort ou vif », ou « à petit feu ».

Elle entend sa petite fille épeler confusément les mots, et un monde s'ouvre devant elle, de plus grand et d'aussi radical que la mort.

Elle lui demande de lire au hasard un passage.

– C'est dur, dit la petite, un peu surprise, en essayant de déchiffrer.

– Lis, s'il te plaît. Lis-moi...

La petite la regarde, puis ouvre le livre et commence en ânonnant un peu.

Les mots que la mère ne comprend pas, que la petite fille comprend à peine, tissent peu à peu un espace de songe ouvert par la grâce de cette voix fragile.

– Nous avons deux secrets maintenant, dit la mère lorsque la petite fille referme le livre.

En lui serrant très fort la main, elle poursuit :

– Tu sais que je veux lire ce livre et porter la robe rouge que je t'ai un jour montrée.

62

Le mari est rentré ivre et tard.

Heureusement que la petite fille dormait.

Il a hurlé, en insultant sa femme.

– Tu ne m'as donné qu'une fille ! Et tu refuses de me donner un garçon, maintenant !

Puis il l'a retournée, a essayé de la prendre de force mais s'est écroulé, subitement, comme un vieux cheval mort il s'est écroulé sur le flanc, et la jeune femme s'est alors relevée pour lisser ses cheveux en désordre et les parfumer ainsi qu'elle l'a toujours fait.

63

Oui, maman et moi nous avons deux secrets mainte-nant, se dit la petite fille en marchant à pas comptés vers l'école du quartier.

Son père ne l'accompagne plus comme avant mais elle redoute qu'il la fasse surveiller par des yeux qu'elle ne connaît pas.

Il a des yeux partout, le quartier.

C'est peut-être pour cela que le père dit qu'il faut faire attention au mauvais œil.

Elle ne peut faire confiance à personne.

Pas même, surtout pas à celui qui est censé l'aider à devenir une grande personne.

En chemin elle se ravise.

Non, j'ai mal compté. Il y en a un troisième, de secret, bien sûr. Ce n'est pas un secret pour tout le monde, pourtant moi je le vis comme ça : je ne peux montrer ma mère à personne. J'ai l'impression que les gens qui la voient croient qu'elle n'est personne alors que c'est tout de même quelqu'un... Mais les autres disent : comment être quelqu'un, sans visage ?

64

– On dirait l'image de la mort, répètent entre elles les filles de l'école qui un jour l'ont vue et en ont eu peur...

65

C'est ça. Je ne suis qu'une ombre, pense la jeune femme en s'habillant ce matin-là pour aller faire le marché. Une image-ombre.

66

Ce mercredi après-midi, la petite fille dit à sa mère qu'elle va dessiner.

Elle décide de prendre tous ses crayons de couleur.

Tous.

Elle s'installe sur la table de la cuisine et tire la langue en faisant sauter un à un les bouchons.

Et ce sont des visages qui apparaissent.

Avec des formes parfois étonnantes.

La petite fille dit qu'il suffit de les voir vraiment, en les regardant bien, sans battre des paupières au moins une minute, pour réaliser qu'ils vivent dans notre regard, à l'intérieur, encore bien plus longtemps.

Et peu importe s'il fait noir dedans.

Il y a des jours, comme ça, où les yeux de la jeune femme voyagent sans fin de l'horizon à elle-même comme s'il pouvait y avoir un lien visible entre les deux.

Le miroir lui dit que non.
Elle est détachée de toute chose.
Entière et libre.

Au-delà des immeubles gris et taciturnes qui envahissent le champ de sa fenêtre, de ce carré d'humanité rétrécie où la vie s'agite, mesquine et sans relief, s'évadent quelques nuages dont l'errance préfigure un voyage aussi lointain qu'incertain.

Sans voyager, elle voyage aussi.
L'image du pays recule dans son esprit. Ne demeure que l'ombre bienfaisante du figuier sous lequel les mots

échappés des cancans des femmes ou des palabres des hommes s'évaporent eux aussi.

Elle veut se nourrir des mots de l'intérieur maintenant.

Lire.

Apprendre à lire.

Et sans même avoir appris, juste savoir ce que ce livre dérobé sur le paillasson d'un inconnu contient.

69

La petite fille l'a trouvé.

Une marmite n'est pas une bonne cachette pour une petite fille qui aime jouer à imiter ce que sa mère fait.

La cuisine, par exemple.

Elle est maintenant penchée dessus, décidée, puisqu'elle le peut, à le déchiffrer lorsque sa mère la surprend.

La petite lève les yeux et ne bronche pas.

Le livre glisse d'une main à l'autre.

Péremptoire, la petite dit :

– Nous n'avons pas de dictionnaire, il nous faut un dictionnaire pour lire ce livre-là...

Le lendemain en rentrant de l'école, elle sort un beau Larousse illustré.

– C'est la maîtresse... Elle me l'a prêté, fanfaronne-t-elle, heureuse.

70

Les volets sont clos bien qu'il fasse jour, et le salon baigne dans une atmosphère irréelle.

Il est à peine six heures.

Le mari ne rentrera pas de sitôt.

– « Il est si commode d'être mineur », lit d'une traite la petite fille en pointant bien son index sur la ligne.

Mineur ?

La jeune femme réfléchit à la lecture des explications données par le dictionnaire. Passant de la tutelle du père à celle du mari toutes les femmes de son pays le sont, mineures...

– Continue ! demande-t-elle alors tout doucement à sa petite fille.

– « *Sapere aude*. (La petite fille prononce Ode.) Aie le

courage de te servir de ton propre entendement : telle est donc la devise des Lumières. »

La voix de la jeune femme se fait un peu tremblante.

– Continue !

La petite fille se penche donc au hasard sur une dernière phrase : « mais ces lumières n'exigent rien d'autre que la liberté ; et même la plus inoffensive de toutes les libertés, c'est-à-dire celle de faire un usage public de sa raison dans tous les domaines. »

La jeune femme applaudit. Et reste sans voix.

71

Quand le mari rentre, tout a disparu.

Le livre dans la marmite, la petite fille dans sa chambre, la jeune femme dans sa cuisine.

On entend juste un rire gras et tonitruant. C'est le mari qui rit tout seul devant la télé. Ce jeu stupide. Une émission de télé-réalité, lui a-t-il lancé un soir de façon très condescendante, certainement agacé par son ignorance des choses de la vie.

La maintenir cantonnée dans l'ignorance des choses : voilà pourtant ce qu'il a toujours souhaité, ce qu'il a voulu au plus profond de lui. Une femme qui n'ait rien appris pour ne rien avoir à redire sur son comportement ou sa façon de concevoir l'existence. Mais cela ne l'empêche pas d'avoir son opinion, elle, et de le trouver indécent, ce jeu.

Une expérience faite avec l'équivalent de souris de laboratoire.

Des individus qui croient que s'exhiber suffit à les faire exister au regard des autres, en survivant grâce à leur instinct de manipulation et à leur degré de perversité.

Elle pense à toutes ces femmes, dans le monde et dans son pays, qui ont tant de mal, elles, à vivre une réalité qui est loin, très loin de ressembler à ce jeu terrible de vide et d'ennui.

Le plus terrible, songe-t-elle, c'est qu'il puisse fasciner ainsi des millions de gens.

Il faut du temps. Mais les mots font leur chemin. Ils pénètrent dans la chair de la jeune femme. Ils sont maintenant à l'orée de sa conscience. Lumineux. Ils balayent quelques derniers restes de nuit. Les yeux grand ouverts elle se regarde dans le miroir habillée de noir. Se déshabille ensuite. Se retrouve nue. Et pour la première fois se demande ce qu'il peut bien y avoir de différent entre elle et toutes les autres femmes qui ont - comme elle - deux seins, deux jambes, deux bras. Et un visage aussi.

Qu'y-a-t-il donc à cacher ? Pourquoi dans sa culture faut-il toujours « cacher » les choses alors qu'on devrait au contraire tout faire pour répandre la lumière sur la réalité de ce qu'on vit ?
La répandre.
Le plus possible...

La jeune femme bat des paupières, lentement, comme si le jour venait pour la première fois les dessiller et qu'après avoir été longtemps aveugle, elle recouvrait enfin la vue.

73

Un filet de rouge dans la nuit.

C'est du rouge qu'elle voit depuis que les couleurs sont entrées dans ses rêves et qu'on en a chassé ces ombres informes, innombrables et sans voix, assises sur des pierres mortes à attendre qu'on les conduise vers l'endroit où des corps gelés attendaient nuit après nuit d'être enterrés dans de la poussière et de la cendre, le même rêve agrandissant le trou jusqu'à le rendre béant, jusqu'à noyer la lumière dedans.

Et c'est ainsi que les couleurs ont fini par jaillir du néant.

En vidant le ventre de la terre le sang s'est mis à couler.

Du sang, un peu de sang chaud et humide sorti d'elle, qui lui rappelle simplement que son corps est toujours bien vivant.

74

En 1784 Emmanuel Kant a écrit ce livre.

La jeune femme le pèse. Le soupèse. Elle a une balance dans la cuisine et à vrai dire, il n'est pas bien lourd.

Le poids de ce qu'il a écrit, en revanche, elle n'arrive pas à l'évaluer.

C'est impossible.

Le poids d'une vie peut-être...

Ce qui la tourmente, maintenant, c'est de savoir combien de gens l'ont lu.

Combien d'entre eux l'ont compris.

Combien dans le monde sont seulement capable d'entendre aujourd'hui la parole d'Emmanuel Kant...

75

Dans la pénombre toujours. Volets fermés.

Chaque fois que le livre est ouvert dans la chambre ou le salon, la jeune femme s'empresse de murer le regard inquisiteur des fenêtres qui pourrait lui être fatal.

Qu'est-ce que les Lumières ?

« C'est pour l'homme sortir d'une minorité qui n'est imputable qu'à lui. »

La jeune femme enclenche la mécanique en prononçant

à voix haute questions et réponses. D'une voix forte, nette et tranchée.

Qu'est-ce que la minorité ?

« C'est l'incapacité de se servir de son entendement sans la tutelle d'un autre. »

Ce n'est pas que les mots lui soient étrangers. Ni l'idée contenue, portée, ciselée en eux, comme si le découpage de la phrase, morcelée, ne pouvait faire apparaître suffisamment clairement l'essence même de l'idée. C'est le fait de réaliser soudain - avec effroi - le chemin pour se donner la chance d'être enfin seule responsable d'elle-même.

76

Elle retourne ce matin-là *Chez Héloïse*.

La dernière fois qu'elle s'y était rendue elle s'était évanouie sur le seuil.

Aujourd'hui un livre la rend toute droite dans sa tête.

Tendue vers un seul but.

Froide et déterminée.

Animée d'une inébranlable volonté de faire ce qu'elle a elle-même, toute seule, et pour elle-même décidé.

77

La dame aux ongles vernis chocolat sort de la cabine d'essayage au moment où la jeune femme pénètre dans la boutique.

La rencontre se fait différemment de toutes les autres, cette fois, parce que la jeune femme n'a pas seulement relevé le voile de son visage, elle dit aussi, d'une voix très claire, même si l'accent demeure encore très hésitant :
– Bonjour. Je m'appelle Aminata. Je viens pour robe rouge. Acheter.

Et la dame ne peut que sourire : elle a en effet mis cette robe de côté pour elle, attendu toute la durée des soldes, et elle espérait, vraiment, que ce jour-là arriverait.

La robe, quand elle est sur le lit, est encore plus rouge qu'elle ne l'imaginait, bizarrement. Mais le décolleté, la ligne près du corps, la fluidité du tissu l'enchantent.

Une robe est une forme d'idée.
Une vision du monde.
Un grand désir d'être.
Une façon d'exprimer sa liberté à même le corps : voilà ce que cette robe au tissu si différent du gros drap grossier de tergal qui l'enveloppe habituellement incarne aux yeux de la jeune femme.
Mais encore faut-il la porter... La liberté ne se range pas au placard, elle s'affiche.

La petite fille rentrée de l'école sans un bruit l'observe en silence, à la dérobée, dans l'entrebâillement de la porte de la chambre à coucher. Et pressent le drame secret qui se prépare.

Encore cacher.

La marmite a le ventre rond. Plein de secrets. Et décidé à ne rien avouer. Elle couvait un livre à la question dérangeante, et on vient d'y ajouter maintenant une robe qui glisse comme un mouchoir de soie dans le fond.

– Nous avons trois secrets, désormais, dit la jeune femme à la petite fille qui assiste au rituel avec beaucoup de gravité.
– Elle est très belle, maman.
Voilà ce qu'elle entend, la jeune femme, ou ce qu'elle croit entendre.

Elle réfléchit un court instant. À ses yeux elle ne sera belle que le jour où elle aura le courage de la porter.

Il faudrait demander aux femmes de son pays ce qu'est le courage car ce n'est pas le même, sans doute, pour toutes les femmes.

Elles en ont plus qu'il n'en faut pour endurer et se taire là-bas, et leurs combines de femme font le reste, on s'arrange avec la vie comme elle est.

Les femmes d'ici pensent que le courage c'est de savoir dire non et d'exister pleinement. Mais au final leur liberté effraie car les femmes de là-bas ne se sentent pas la légitimité d'y avoir droit.

Elles n'ont jamais appris à compter à leurs propres yeux, si tant est que cela s'apprenne.

Même en demeurant ici les femmes restent des femmes de là-bas.

Le courage n'est pas le même en réalité.

Mais les rêves, oui.

81

À partir de ce jour la petite fille inaugure un nouveau jeu tous les mercredis.

Elle aime toujours dessiner autant - en couleurs surtout - mais elle estime désormais qu'il y a d'autres possibilités qui s'offrent à elle.

Devant sa mère qui la regarde, amusée, la petite fille sort la robe de la marmite et décide de jouer à la grande dame.

Cela signifie qu'elle la met - c'est tout un rituel - et qu'elle lâche ensuite ses cheveux sur sa nuque, qu'elle avance pieds-nus sur des talons imaginaires qui la font grandir, soudain, et cette image arrache parfois à la mère quelques larmes qu'elle essuie promptement pour ne pas gâcher la fête.

82

Combien j'aurais aimé avoir un garçon... se dit la jeune femme en la regardant.

Elle comprend mieux ce que les femmes de son pays ressentent quant au fait d'avoir une fille qui deviendra à son tour une femme.

Tant de femmes savent qu'elles ne sont que des ventres nourriciers.

Qu'une mère n'a de valeur qu'en enfantant un mâle.

Que la toute-puissance d'une mère provient invariablement du rapport qu'elle exerce sur ce mâle qu'elle a engendré.

Et cela suffit à justifier leur haine des filles qui sont la reproduction fidèle de leur propre inutilité et au-delà desquelles elles ne peuvent prolonger la valeur de leur propre existence...

Mais heureusement, d'autres estiment, comme elle, qu'il n'y a pas de raison, aucune raison qui puisse justifier que les petites filles doivent suivre aveuglément le destin de leurs mères sacrifiées.

83

La jeune femme n'est plus sortie hors du périmètre du quartier depuis qu'elle a acheté la robe rouge.

Comme si elle craignait de s'aventurer à nouveau au-delà du métro Couronnes.

De peur qu'un désir plus grand encore ne vienne brutalement s'emparer d'elle.

Kant est devenu au fil des jours un ami fidèle dont elle s'imagine sans peine le visage et la voix, audible dans le silence de ces après-midis passés à admirer la ligne béate de l'horizon.

Il semblerait que la vie ait repris son cours tranquille.

Que rien ne déborde d'elle.

Mari et femme s'endorment placidement à côté l'un de l'autre. S'étreignant parfois l'un l'autre dans l'espoir de faire un garçon.

La petite fille sait bien, au fond, que tout cela est irréel. Plus encore que le cinéma dont elle ne sait pas grand-chose, vu que cela lui est interdit.

Des images, ce ne sont que des images..., se répète-t-elle souvent en s'endormant.

Comment interdire le cinéma dans un monde où tout n'est qu'image ?

84

C'est comme si, pour ainsi dire, la jeune femme avait l'impression étrange d'avoir accompli un pas sans que ce pas n'ait rien fait bouger du paysage alentour.

Elle accepte l'idée qu'il faudra des années pour apprendre à lire mais elle refuse d'en parler ouvertement à son mari.

Elle imagine très bien sa petite fille en robe rouge mais elle prend peur à l'idée de devoir un jour faire pareil.

Elle pense que peut-être cela suffit d'avoir acheté cette robe ou d'avoir lu des fragments de ce drôle de livre. Que la tête lui a tourné, certainement. C'est ce que sa grand-mère dirait sans doute en la voyant.

Les grains du chapelet tournent avec régularité dans sa paume de main.
À ses questions incessantes nul ne répond.
L'horizon s'obstine à rejoindre un infini qui n'a pas de nom.
Comme il s'enfuit elle ne peut que devant elle-même se justifier de ce qu'elle fait.

85

Aude. Sapere aude.
En déliant bien le « a » du « u », car au départ sa fille prononçait ode.
Kant dit vrai.
Ose savoir.
C'est oser, le plus dur... Comme si, d'être écrasée par les images du passé, la coutume, les traditions jalousement

perpétuées par ce que disaient les gens de son pays qui vivaient auprès de sa grand-mère, tout cela avait fini par durcir en bloc dans son esprit et empêchait absolument toute idée nouvelle de venir s'y fixer.

Comme si, de voir les jeunes femmes marcher librement dans la rue et s'affirmer librement dans leur vie amplifiait la honte de se savoir différente, la honte de n'avoir jamais su aller au-delà pour se donner une place à soi, une vraie place au milieu de l'existence de toutes les autres.

86

Le lendemain la dame de la boutique aux ongles vernis chocolat la croise entre la rue qui mène à l'école et le carrefour mais ne la reconnaît pas. Comment aurait-elle pu ?
La voix de la jeune femme se noue dans sa gorge.
– Bonjour...
Puis, comme la dame recule, soudain :
– Moi Aminata... Vous rappeler... la robe ?
– Mais...

Le visage de la dame prend un air désolé. Une seconde de silence s'éternise avant qu'elle ne réponde, incapable d'en dire plus :
– Oui, bien sûr... bien sûr que je me souviens.
Et elle se dépêche de sourire, faiblement, avant de disparaître au coin de la rue.

87

La jeune femme serre les dents et poursuit son chemin. Elle remonte la rue comme un automate, habituée à ce que les gens accrochent parfois violemment leur regard sur son passage.

Va. Sa grand-mère lui disait seulement : va. En donnant sa bénédiction. Pour l'aider à avancer. Lui rappeler qu'elle avait raison de vouloir avancer.
À l'impératif, va. Entre l'ordre et l'exhortation.

Sa grand-mère ne pensait pas que, jeune mariée, on enfermerait ainsi son corps et son esprit dans cette radicalité sans nom que les gens du pays vivant autour d'elle et respectueux des coutumes n'avaient jamais, au grand jamais, assimilé d'aucune sorte à la religion.

88

Où c'est écrit, où ?

La jeune femme tourne et retourne la même question dans sa tête.
À en avoir le vertige.
À creuser le vide qui l'entoure d'un désespoir aigu.
Le mari a menti déjà. Plusieurs fois.
Quand il disait qu'il la rendrait heureuse en l'amenant ici.
Quand il dit aujourd'hui travailler tard le soir.
Quand il dit avec aigreur l'avoir sortie de son trou et que sans lui jamais elle ne serait devenue quelqu'un.
Menti quand il croit qu'interdire à sa fille d'aller au cinéma avec l'école peut l'excuser de voir ce que lui s'autorise à voir à la télé.

La jeune femme a besoin de vérifier où c'est écrit qu'elle

doit porter ce vêtement de deuil qui l'oppresse, qui l'empêche de rejoindre le monde des vivants.

89

En prenant soin que personne ne la voie, ce matin-là, la jeune femme dépose délicatement le livre de Kant sur le paillasson du voisin.

Elle n'en a plus besoin désormais. Il a joué son rôle.

Il lui a donné la force de se poser d'autres questions et le courage de vouloir y répondre.

Au moment même, la porte s'ouvre. Un visage d'homme aux cheveux hirsutes apparaît.

La jeune femme manque s'évanouir mais se contente de rougir intensément en croisant le regard étonné de l'homme qui la dévisage.

– Qui êtes-vous ? lui demande-t-il.

Puis sans attendre de réponse il referme la porte en la faisant claquer.

La jeune femme est encore sous le choc.

De menus événements comme celui-ci suffisent en général à nourrir toute sa journée de ressassements inquiets.

C'est comme cela qu'elle attend, en ruminant ce menu fait, la sortie d'école de sa fille.

Sur le chemin elle décide de s'arrêter au square un moment.

C'est un jardin sans figuier, mais qu'elle aime comme un souvenir d'enfance.

Deux amoureux sont en train de se bécoter sur le banc voisin.

L'image la dérange un peu.

Elle éprouve soudain le désir d'aller les voir, de leur demander « de faire ça ailleurs ». Comme s'ils étaient coupables d'un délit. Puis elle finit par se raviser. Et même, sans s'en rendre compte, par les observer, en se disant qu'elle pourrait tout à fait être cette jeune femme-là.

Le voisin est un homme au visage étonnant.

La jeune femme raconte à la petite fille ce qu'elle a vu ce matin.

– Dessine-le pour moi, lui demande-t-elle lorsqu'elles sont toutes les deux rentrées.

La petite va chercher ses crayons de couleur et s'exécute car rien ne lui plaît tant que de dessiner des visages. Elle tire la langue, même, en dessinant, parce qu'elle veut s'appliquer.

Ne sachant pas à quoi il ressemble, sa maman le lui décrit.

En une fraction de seconde, la jeune femme a vu.

Elle a tout vu du regard à la fois fermé, timide et profond de cet homme qui a préféré lui fermer la porte au nez.

– Je mettrai demain le dessin sur son paillasson. On verra bien ce qu'il en pensera ! se met-elle à rire.

Mais dans le fond elle se désespère de lui avoir rendu le trésor qu'elle avait si longtemps cherché à ne conserver que pour elle.

Profond.

Comment la jeune femme peut-elle définir en si peu de temps la profondeur de ce regard d'homme ?

Peut-être parce qu'à force de brûler le sien sur l'incertitude de l'horizon elle a appris à y reconnaître le temps qui passe. Ce qui fait qu'elle reconnaît aussi d'instinct, dans l'horizon d'un bref regard, si le chemin a été long ou pas.

De sa porte à celle du voisin, le chemin l'oblige à compter l'équivalent de dix pas.

Au matin la jeune femme est songeuse tandis que son mari et la petite avalent leur petit-déjeuner.

Le mari lui demande en partant, en lui chuchotant même à l'oreille s'il est question ou non d'un bébé car il n'en démord pas : puisqu'ils font leur travail d'époux proprement, tous les deux, il faudra bien que ce satané garçon arrive, à la fin.

Le dernier regard lancé est quelque peu menaçant. Auparavant il était question dans cette situation-là de répudier.

Si la jeune femme prête suffisamment l'oreille au marché elle y entendrait la liste de ceux qui ont allègrement pris une seconde épouse.

Ce pays l'interdit, pourtant, les lois de ce pays ne reconnaissent pas la polygamie, mais dans sa communauté aucun homme ne comprend non plus pourquoi il devrait abandonner ces coutumes si elles le satisfont.

94

Dix.

La jeune femme a bien compté dix pas en se dirigeant vers la porte du voisin.

Habillée pour la première fois de sa robe rouge, elle se déplace pieds nus, comme un chat.

Le dessin semble cependant, réflexion faite, un peu ridicule sur le paillasson.

Elle tente de le glisser sous la porte lorsque celle-ci s'ouvre brutalement et ce faisant, écrase lentement le dessin sous ses gonds.

95

– Que voulez-vous ? demande la voix profonde de l'homme aux cheveux hirsutes.

Profonde, tout comme l'était son regard.

La jeune femme est saisie par cet instant de vérité.

Elle recule instinctivement.

Puis se met à trembler. Puis tente de dire quelque chose.

Mais sa bouche s'ouvre dans un parfait silence qui fait entrer le regard menaçant de l'homme en elle.

Quand elle ouvre les yeux, elle est allongée dans une pièce qui sent le jasmin.

On bouge autour d'elle. C'est l'homme qui lui tend

un verre d'eau en lui disant cette fois d'une voix très douce :

– Roger. Je m'appelle Roger. Et vous ?

96

La jeune femme boit. À petites gorgées. Après avoir simplement dit merci.

Sur elle la robe rouge lui fait l'effet d'une mare de sang. Elle a beau chasser la couleur de ses mains effrayées, le rouge persiste. Et le tissu, en remontant, fait valoir ses belles jambes brunes aux reflets de miel.
L'homme détourne le regard.
Pudiquement.

La jeune femme se lève et sans attendre regagne la porte, pieds nus.

Chez elle.

Revenue à elle.

Il aurait pu me violer, se dit-elle. Elle a eu peur. Un peu…
Car elle a peur des hommes qu'elle ne connaît pas.

De leur désir qu'elle ignore.

Cet homme est le premier qu'elle voit si proche d'elle en dehors de son mari et elle sent dans une soudaine fulgurance qu'il est tout autre que ce mari dont elle ne saisit jamais la valeur du regard, des mots ou des silences.

Ce qui la trouble c'est qu'il l'ait laissée partir comme ça, comme s'il savait qu'elle reviendrait bientôt.

La jeune femme cherche à retirer sa robe le plus vite possible, comme brûlée par un feu invisible.

Sur le tissu rouge elle voit.

Le regard profond, intense, de l'homme venu s'y déposer.

Comme tous les mercredis ce jour-là la petite fille se glisse dans la cuisine et récupère dans la marmite son trophée.

Comme d'habitude, elle se prépare à jouer la grande dame.

La mère restée dans la chambre s'est mise à nettoyer dès le matin toute la maison - rangeant, lessivant, accommodant les plats cuisinés de la journée - en rêvant. La tête ailleurs. Le corps aussi. Plus rien de la jeune femme n'étant exactement là où l'on imaginerait qu'elle est.

L'horizon est passé derrière la porte du palier.

À dix pas d'elle le souvenir d'un regard d'homme la fait encore chavirer.

Aussi, lorsqu'elle voit en arrivant dans le salon sa petite fille danser avec la robe rouge, elle se met soudainement à crier.

Dans ses yeux une lumière a jailli, que jamais la petite fille n'avait encore vue se lever à l'horizon de son regard de mère.

La jeune femme est calme maintenant.

Avec les mains de la petite fille qui dansent dans les siennes.

Aucune d'elles ne comprend ce qui s'est passé.

Ce qu'elles savent, en revanche, c'est qu'elles aimeraient rester longtemps toutes les deux enlacées.

Comme si la mère et la petite fille avaient une vie entière de secrets à partager.

Elle ne la mettra donc jamais, cette robe ?

La jeune femme refuse de descendre faire le marché avec son vêtement de tergal noir qu'elle a pourtant mis.

Elle est là, prostrée devant l'image triste de la robe rouge qui pend sur un cintre dans son placard.

Se posant cette terrible question qui attend qu'on la transforme - très vite - en décision lorsqu'on sonne à la porte.

Dans un état second elle va.

Ouvre.

Elle reconnaît l'homme, qui se présente d'un air gauche avant de lui demander si c'est bien elle, Aminata.

La jeune femme acquiesce, prise d'un léger malaise.

– Oui... Oui, c'est moi, bredouille-t-elle, confuse.

L'homme sourit. Sort un paquet d'une sacoche. Il lui dit :

– Tenez.

La porte se referme, et la jeune femme se met aussitôt à trembler.

Elle déchire sauvagement le papier, puis soupire en voyant de quoi il s'agit.

– Pourquoi m'a-t-il apporté ça ?

101

Sur la table de la cuisine.

Le livre est devant elle.

Posé.

Elle ne l'a pas encore ouvert mais tout le monde, même sans l'ouvrir, le reconnaît : c'est le Livre Sacré.

Tous les livres sont des puits de connaissances, des univers à découvrir.

Tous les livres aux yeux de la jeune femme possèdent d'une certaine façon un caractère sacré.

Avoir foi en la raison, voilà ce qu'elle a appris dans le livre de son ami Emmanuel Kant.

102

Il sait, bien sûr. N'est-ce pas, qu'il sait ?

Mais comment fait-il, qui est-il pour répondre ainsi à ses propres questions ?

103

« Qu'est-ce que les Lumières ? Lisez. Vous y verrez plus clair. Vous verrez qu'aucun précepte dans le Livre sacré ne dit que vous serez réduite en cendre au Jugement dernier si vous ne portez pas ce vêtement. Aucun précepte religieux ne repose sur un simple bout de tissu. Aucun précepte du livre n'indique que vous serez maudite. »

La petite fille termine de déchiffrer le mot écrit par le voisin de palier.
L'homme aux yeux profonds.
Aux cheveux hirsutes.
Au regard hirsute et à la libre pensée.
La jeune femme se demande quelle relation cet homme si étonnant a-t-il avec les livres qu'on lui donne ou qu'il décide de donner, mais elle n'a plus aucun doute en revanche sur ce qu'il sait.
– Lis-moi. Relis-moi encore... demande la jeune femme terriblement troublée.
La petite fille s'exécute.
Il y a des phrases comme celle-ci qui ont un goût particulier en bouche. Comme des bonbons acidulés qui auraient un merveilleux goût de printemps et d'audace.
– Alors ? interroge la petite fille qui cherche à comprendre à quoi rime tout cela.

La jeune femme sort la robe rouge du placard.

Se brosse les cheveux.

Lisse soigneusement les plis de sa robe et l'enfile en affrontant sans peur son image dans le miroir.

– Alors rien, lance-t-elle après un long silence. Demain pour t'emmener à l'école je la mettrai.

Lamia Berrada-Berca chemine dans la généalogie multiple de ses origines qui offre une géographie étonnante à sa vie. De l'héritage légué par ses parents, au croisement d'un arrière-grand-père suisse et d'une arrière-grand-mère écossaise, d'une mère française et d'un père marocain né lui-même d'une mère berbère et d'un père arabe, au croisement de Paris, Berne, Fès, Aberdeen et du Sud marocain, entre une sœur vivant à Montréal et un mari d'origine sicilienne subsiste, comme un phare, la langue française. Langue de survivance enracinée au plus profond d'elle, qui constitue un fil rouge et une boussole au cœur de ce métissage. Devenu professeur de Lettres Modernes après des études à la Sorbonne, elle enseigne durant plusieurs années en région parisienne, avant de se tourner aujourd'hui vers l'écriture et le journalisme. En une langue sobre, subtile et profonde, elle explore la solitude des êtres, les espaces de communication incertains, les failles minuscules qui se glissent dans le vécu

de LAMIA BERRADA-BERCA

de chacun, l'espace de l'intime secoué de deuils et de petites métamorphoses...

Elle s'intéresse avant tout à ce que l'individu dit de lui dans une société minée par des valeurs qui trop souvent en annihilent la sensibilité ou la conscience.

Les sociétés dites traditionnelles où l'individu éprouve encore des difficultés à s'exprimer librement comme celles où l'individu moderne s'est trouvé bouleversé dans ses repères par l'évolution du monde contemporain.

Ses origines multiples la renvoient en somme à un grand désir d'universel, celui d'exprimer les difficultés de l'homme d'aujourd'hui - enfant ou adulte - à fixer son identité propre et son histoire personnelle au-delà de tous les particularismes culturels.

De ce métissage jaillit la source d'une écriture aimantée par l'image du déplacement, le voyage, l'errance, l'existence mouvante de personnages qui invitent toujours à partir de l'autre pour reconsidérer le chemin qui mène vers soi.

BIBLIOGRAPHIE de LAMIA BERRADA-BERCA

Kant et la petite robe rouge
Roman
La Cheminante, 2011

Une île posée sur l'horizon
Roman
Mon Petit Éditeur, 2010

Éclatantes Solitudes
Roman
Mon Petit Éditeur, 2010

Le lien rompu
Poésie
Revue *Rivaginaire*, 1998

Achevé d'imprimer
par ICN Orthez
le 8 mars 2011
Dépôt légal : mars 2011